AF356008

*27 janv. 1862.*

## Vente le Lundi 27 Janvier 1862.

# TABLEAUX

EXEMPLAIRE DE DHIOS

Mᵉ CHARLES LAINNÉ, Commissaire-Priseur.

M. DHIOS, Expert.

**RENOU ET MAULDE**

IMPRIMEURS DE LA COMPAGNIE DES COMMISSAIRES-PRISEURS

Rue de Rivoli, 144.

# CATALOGUE

D'UNE JOLIE COLLECTION

DE

# TABLEAUX ANCIENS

ET DE QUELQUES

## TABLEAUX MODERNES

DES ÉCOLES

FRANÇAISE, FLAMANDE & HOLLANDAISE

**Provenant de la Collection d'un Amateur**

DONT LA VENTE AURA LIEU

## HOTEL DES COMMISSAIRES-PRISEURS

### RUE DROUOT, 5

SALLE N° 4, AU PREMIER ÉTAGE

*Le Lundi 27 Janvier 1862, à une heure.*

---

Par le ministère de Mᵉ **Ch. LAINNÉ**, Commissaire-Priseur,
rue Richer, 49,

Assisté de **M. DHIOS**, Expert, rue Le Peletier, 33,

CHEZ LESQUELS SE DISTRIBUE LE PRÉSENT CATALOGUE.

---

### EXPOSITION PUBLIQUE

Le Dimanche 26 Janvier 1862, de midi à cinq heures.

---

## PARIS
### RENOU ET MAULDE
IMPRIMEURS DE LA COMPAGNIE DES COMMISSAIRES-PRISEURS
rue de Rivoli, 144.

—

**1862**

D 05417

# CONDITIONS DE LA VENTE

Elle sera faite au comptant.

Les Acquéreurs paieront, en sus des adjudications, CINQ POUR CENT applicables aux frais.

# DÉSIGNATION
# DES TABLEAUX

### VAN AELST.

1 — Oiseau mort pendu par la patte.

### A. F. (signé).

2 — Petit Paysage avec moulin.

### P. BATTONI.

3 — La Vierge et l'Enfant Jésus.

### BAUDOUIN.

4 — Le Grenier   (Pastel).

### BENARD.

5 — Les Amusements champêtres.

### DU MÊME.

6 — La Comédie italienne.

### BILCOQ.

7 — Petit Paysage.

### BOUCHER.

8 — Tête de jeune Fille.

## BLANCHARD.

9 — La Sainte Famille.

## BRAVVER.

10 — Buveurs. Intérieur hollandais.

## CHARDIN.

11 — Nature morte. Poires, noix et un verre posés sur une table.

## DU MÊME.

12 — Nature morte. Pommes, timbale et un verre posés sur une table.

## CHAVET.

13 — Tête de jeune Fille.

## COUTURIER.

14 — Intérieur de basse-cour.

## CREPIN.

15 — Les Joueurs de quilles et les Joueurs de boules.

(Deux pendants en forme de dessus de portes).

## CRÉPIN

16 — Paysage. L'Abreuvoir.

## VAN DELEN.

17 — Intérieur d'un riche palais orné de figures.

## DU MÊME.

18 — Vue d'un palais bordé par un canal. (Pendant du précédent).

## DEMARNE.

19 — Intérieur d'une cour d'auberge, composition animée d'un grand nombre de figures et animaux.

## DESHAYES.

20 — Paysage avec rivière.

## DIÉTRICH.

21 — La Danse villageoise. Jolie composition dans le goût de Watteau.

## DIÉTRICY.

22 — Mendiants. (Deux pendants).

## DROLLING.

23 — Croquis divers sur la même toile.

## DUVIEUX.

24 — Vue de Constantinople. Effet de soleil levant.

## DU MÊME.

25 — Vue de Constantinople. Effet de soleil couchant. (Pendant du précédent).

## VAN DYCK.

26 — Latone et ses enfants.

### EISEN.

27 — Jeune Dame avec un chien et un chat.

### EISEN.

28 — La Conversation. Charmante scène d'intérieur.

### ETEX.

29 — Arabe conduisant deux chevaux.

### VAN EYCK.

30 — La Vierge soutenant le Christ.

### FRANCK (le vieux).

31 — La Charité. Sujet allégorique.

### GALL (signé).

32 — Pâturage au bord de la mer.

### M^lle GÉRARD.

33 — Silène entouré de Nymphes qui le couronnent
de fleurs.

### DE LA MÊME.

33 bis — Amours au bain.  (Pendant du précédent).

### GÉRICAULT.

34 — Étude de cheval.

### GILLOT.

35 — Les Amusements champêtres. Pastorales.
(Deux pendants).

## GRESLY.

36 — Nature morte. Trompe-l'œil.

## GREUZE.

37 — Tête de jeune Femme. (Étude).

## GUIGNET.

38 — Les Adieux.

## GUILLEMIN.

39 — La Déclaration.

## HEINSIUS.

40 — Portraits de M. de La Peyrouse et de sa femme.
(Deux pendants).

## J.-B. HUET.

41 — Moutons dans un parc.

## VAN HUYSUM.

42 — Fleurs. Roses et bleuets. Charmantes études
sur un fond d'architecture. (Deux pendants).

## JEAURAT.

43 — Petits Musiciens ambulants.

## A. KLOMP.

44 — Vache au pâturage.

## LAGRENÉE.

45 — L'Extase.

## LANCRET.

46 — Les Plaisirs de la campagne.

## LANCRET (école de).

47 — Le Jeu des quatre coins.

## LANCRET (d'après).

48 — Le Baiser donné et le Baiser rendu. (Deux pendants).

## LANTARA.

49 — Petit Paysage orné de figures.

## LARGILLIÈRE.

50 — Portrait d'une dame et d'un seigneur, époque Louis XIV.

## LARGILLIÈRE.

51 — Portrait du grand Condé.

## LECLERC DES GOBELINS.

52 — Seigneur cherchant à séduire une jeune fille.

## LEMOINE.

53 — Vertume et Pomone.

### VAN LOO (AMÉDÉE, 1763, signé).

54 — Groupe d'Amours représentant la Sculpture et
la Peinture. (Deux pendants).

### VAN LOO (J.-B.).

55 — Jeune Fille tenant un morceau de musique.

### VAN LOO.

56 — Jeune Femme lisant.

### MARILHAT.

57 — Marine.

### VAN DER MEULEN.

58 — Batailles. Époque Louis XIV.
(Deux pendants.)

### MIGNARD.

59 — Petit portrait de la duchesse de Bourgogne.

### MOREAU.

60 — La Conversation dans le parc.

### MIREVELT.

61 — Petit portrait de Montaigne.

### NATTIER.

62 — Portrait d'une jeune femme parée de fleurs.

### NATTIER.

63 — Portrait de jeune princesse.

### J. NOEL.

64 — Vaisseaux en rade.

### J. NOEL.

65 — Marine. L'Orage.

### PORBUS.

66 — Portrait du duc de Leicester.

### PRUD'HON.

67 — Tête de vestale.

### RÉMOND.

68 — Paysages. Environs de Rome.

(Deux pendants.)

### RIECK (signé).

69 — Marine. Temps d'orage.

### HUBERT-ROBERT.

70 — Paysage orné de ruines et figures

### LÉOPOLD ROBERT.

71 — Le Chant du Pèlerin.

### ROMBOUTS (signé).

72 — Paysage. Effet d'hiver.

### HENRY ROOS.

73 — Le petit Berger.

## RUBENS.

74 — Satyre surprenant une nymphe endormie.

(Esquisse.)

## RUTHARD.

75 — Chiens de chasse dans un paysage.

## SCHENAU.

76 — Portraits de jeunes femmes vues à mi-corps, en costume. Époque Louis XVI.

(Deux pendants.)

## SCHOVAERTS.

77 — Paysage avec cours d'eau et figures.

## SOLMACKER.

78 — Le Départ pour le marché.

## STELLA.

79 — L'Annonciation et la Vierge en prière. Médaillons entourés de guirlandes de fleurs.

(Deux pendants.)

## SWEBACH.

80 — Marche d'armée.

## TÉNIERS.

81 — Les Singes comédiens.

## DU MÊME.

82 — Paysans assis à la porte d'un cabaret.

### DU MÊME.

83 — Les Joueurs de boule. Pendant du précédent.

### THOMPSON.

84 — Épisodes tirées de la vie d'Édouard III.

(Charmante suite de dix petits tableaux peints sur bois.)

### TITIEN (d'après).

85 — Danaé.

### CORNEILLE TOOST.

86 — Les Amusements champêtres.

### DU MÊME.

87 — Port de mer animé de personnages.

(Pendant du précédent.)

### VALIN.

88 — La Ménagère.

### DU MÊME.

89 — La Grande Dame. (Pendant du précédent.)

### SIMON VOUET.

90 — Le Départ de Diane pour la chasse.

### DU MÊME.

91 — Mars et Vénus. (Pendant du précédent.)

## WATTEAU (de Lille).

92 — La Laitière.

## DU MÊME.

93 — Paysan endormi. (Pendant du précédent.)

## WILLAARTS (ABRAHAM).

94 — Le Repas des fermiers.

## WILLE fils.

95 — La Consultation.

## DU MÊME.

96 — Le galant Buveur. (Pendant du précédent.)

## ZEEMAN.

97 — Marine. Entrée d'un port.

## ÉCOLE FRANÇAISE.

98 — Portrait de Catherine Howard.

## ÉCOLE FRANÇAISE.

99 — La Peinture et la Sculpture sous les traits de jeunes femmes. (Deux pendants).

## ÉCOLE FRANÇAISE.

100 — La Frileuse.

## ÉCOLE FRANÇAISE.

101 — Petit portrait de femme. Époque Louis XIV.

## ÉCOLE FRANÇAISE.

102 — Tête d'ange. (Étude.)

## ÉCOLE ITALIENNE.

103 — Paysage avec rivière et barques, orné de figures.

## ÉCOLE ANGLAISE.

104 — Portrait de Marie Stuart.

## ÉCOLE ANGLAISE.

105 — Marine. Soleil couchant.

## ÉCOLE MODERNE.

106 — Épisode de la guerre de Missolonghi.

## ÉCOLE MODERNE.

107 — Le petit Saltimbanque.

## ÉCOLE MODERNE.

108 — Fête de village (environs ne Rouen).

## ÉCOLE MODERNE.

109 — Paysage. Marine.

## ÉCOLE MODERNE.

110 — Petits paysages. Marines. (Deux pendants.)

---

Rencu et Maulde, Imprimeurs de la Compagnie des Commissaires-Priseurs, 141, rue de Rivoli.        9032